怕浪費奶奶的河川散步

文・圖 真珠真理子

譯 詹慕如

真可惜奶奶來啦！

我隨手把垃圾往河裡一丟，
奶奶一邊說「真可惜」，一邊走過來了。

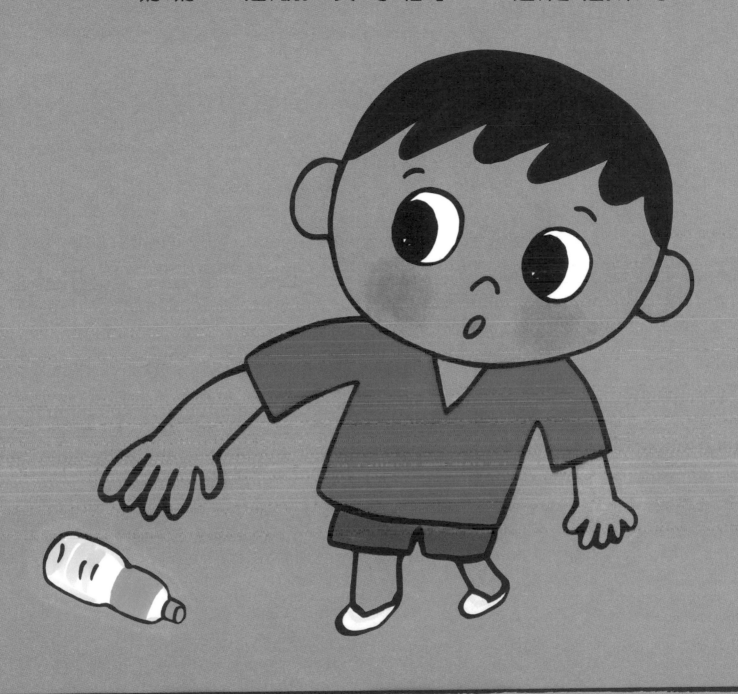

「為什麼把垃圾丟到河裡？」
「因為大家都在丟哇，為什麼不行？」
「你竟然不知道為什麼？真是太可惜了。
我們去看看吧。」

怕浪費奶奶帶我
來到高高的山上，
來到森林的深處，
來到河川的源頭。

滴ㄉㄧ！
河ㄏㄜ川ㄔㄨㄢ的ㄉㄜ寶ㄅㄠ寶ㄅㄠ誕ㄉㄢ生ㄕㄥ了ㄌㄜ。
他ㄊㄚ要ㄧㄠ去ㄑㄩ哪ㄋㄚ裡ㄌㄧ呢ㄋㄜ？

一ㄧ起ㄑㄧ去ㄑㄩ看ㄎㄢ看ㄎㄢ吧ㄅㄚ。

河川的寶寶
本來是小小的水窪，
後來慢慢流動，變成一條小溪。

穿過山谷，嘩啦啦——嘩啦啦——
水流漸漸變快，
石頭也在水裡跟著一起滾動。
滾哪滾、滾哪滾。

是瀑布！

「哎呀！」

轟隆轟隆！！

好多魚寶寶唷。
「你好哇！」
「你好。」
「大家都是在這裡出生的，
真可愛。」

兔子寶寶、松鼠寶寶、
猴子、貂和狐狸寶寶都來了。
「你好哇！」
「你好。」

「大家都是來喝水的吧。」
咕嚕咕嚕。
「好喝！」
「真好喝！」

離開瀑布下的
小水池，我們又
走了一段路。

看到許多條
小溪匯集，變
成稍微大一點
的河。

啪！啪沙啪沙！
鳥寶寶正在學飛。
「你好，加油哇！」

河水流進了森林，
遇見樹寶寶、香菇寶寶，
還有花、草、青苔寶寶。
「你好！」
「你好！」

山中的田裡，
有一大片稻米寶寶。
「你們好哇，要快快長大唷。」

我們穿過稻田，蟲寶寶正在哭。

「嗚……嗚……」

「你怎麼啦？」

「我出不去了。」

不知道是誰把垃圾袋丟在這裡。

「怎麼可以把垃圾丟在這裡呢！」

穿過橋下，終於看到大城市。

這裡的水變得很汙濁，再也看不到河川寶寶的蹤跡。他跑去哪裡了呢？

「救命啊！」
「不好啦！」
原來河川寶寶被垃圾卡住，動不了啦！
還變得黏答答、灰撲撲的。
「嗚……嗚……
我不想變得這麼黏、這麼臭啦！」

咦？螃蟹寶寶也在哭。
「我出不去了，嗚……嗚……」

24

「怎麼樣，你不覺得河川變成這樣很可惜嗎？」

「我去撿垃圾！」

我一邊撿，一邊跟著河川寶寶走。

走著走著，就看到大海了。

「嗚×……　嗚×……」
烏×龜《寶ㄅ寶ㄅ和ㄏ海ㄏ豚ㄊ寶ㄅ寶ㄅ都ㄉ在ㄗ哭ㄎ。
「你ㄋ們ㄇ怎ㄗ麼ㄇ啦ㄌ？」

「我的肚子好痛！好像吃到壞東西了。」
從河川漂過來的垃圾，
隨著海浪浮浮沉沉。
「這樣大家會以為是食物，
不小心吃下去。
得快點把垃圾撿起來才行。」

「什麼？全部都要撿嗎？」
「難道你要放著不管嗎？」

大海裡還有更多
小寶寶也正在哭泣。
「嗚……　嗚……　」
「嗚……　嗚……　」

「比起你一個人撿，
不如大家一起來吧！」

「有道理！」
我大聲的呼喊：
「大家快來幫忙
撿垃圾呀！
好多小寶寶
都在哭呢！」

「怎麼了？」
「他們為什麼哭？」

聽到寶寶們的哭聲後，
大家一個接一個，
開始撿垃圾。

當怕浪費奶奶跟大家一起撿垃圾時，
河川寶寶在溫暖陽光的照耀下，
對大家說：
「謝謝你們，接下來就交給你們了。」
他慢慢升上天空。

升到雲裡，　　　　　　　　　變成雨滴，

慢慢、慢慢的穿過泥土，

然後再次誕生。　　滴！
河川與高山、森林、人、
還有大海都息息相關，
如果不好好愛惜河川，
那真是太可惜了。

作者後記

「可惜」是什麼意思？有一天兒子這麼問我。

到底該怎麼解釋「可惜」這個概念呢？聽說在英文裡沒有完全對應的單字，在日文裡似乎也不容易説明清楚……這到底是什麼意思呢？為了能清楚説明這個概念，我畫了這套繪本《怕浪費奶奶》。

在我們的國家，有取之不盡、用之不竭的食物和物品，孩子們要切身體會「可惜」這件事，並不容易。

「可惜」這個詞彙，通常會在我們沒有把東西的價值發揮完全就丟棄，或者過於浪費的時候使用。在這兩個字裡，包含著我們對自然的恩惠、對提供物品的人應有的感謝和體貼。

希望閱讀這本繪本的孩子們能夠知道，智慧和創意可以幫助我們在日常生活中找到答案，同時也希望孩子們都能擁有愛物惜物的心，懷抱著愛和體諒，開心的學會什麼是「懂得可惜」。

真珠真理子

作者簡介

真珠真理子

出生於日本神戶，在大阪與紐約的設計學校學習繪本創作。2004 年出版的《怕浪費奶奶》（もったいないばあさん）大受歡迎，在日本獲得許多繪本獎項，並且在每日新聞、朝日小學生新聞等報紙開始連載，至今發行了 17 本系列作品，銷量突破 100 萬冊，並售出多國語言版權。

真珠真理子筆下的「怕浪費奶奶」多年來持續收到世界各地孩子們的喜愛，2008 年開始在日本各地展開「怕浪費奶奶 World Report」巡迴展覽，呼籲大眾關注地球上與我們生活息息相關的各種問題，並在 2020 年動畫化。

繪本 0273

怕浪費奶奶的河川散步

文 · 圖｜真珠真理子（真珠まりこ）
譯｜詹慕如
日文原版協力｜國際協力機構（JICA）Sanjay Panda（サンジェイ・パンダ）

責任編輯｜張佑旭
特約編輯｜劉握瑜
封面設計｜土營霖
行銷企劃｜劉盈萱

天下雜誌群創辦人｜殷允芃
董事長兼執行長｜何琦瑜
媒體暨產品事業群
總經理｜游玉雪
副總經理｜林彥傑
總編輯｜林欣靜
行銷總監｜林育菁
副總監｜蔡忠琦
版權主任｜何晨瑋、黃微真

出版者｜親子天下股份有限公司
地址｜台北市 104 建國北路一段 96 號 4 樓
電話｜（02）2509-2800　傳真｜（02）2509-2462
網址｜www.parenting.com.tw
讀者服務專線｜（02）2662-0332　週一～週五：09:00~17:30
傳真｜（02）2662-6048　客服信箱｜parenting@cw.com.tw
法律顧問｜台英國際商務法律事務所・羅明通律師
內頁排版、製版印刷｜中原造像股份有限公司
總經銷｜大和圖書有限公司　電話：（02）8990-2588

出版日期｜2021 年 5 月第一版第一次印行
　　　　　2024 年 4 月第一版第六次印行

定價｜320 元
書號｜BKKP0273P
ISBN｜978-957-503-980-6（精裝）

訂購服務
親子天下 Shopping｜shopping.parenting.com.tw
海外・大量訂購｜parenting@cw.com.tw
書香花園｜台北市建國北路二段 6 巷 11 號　電話（02）2506-1635
劃撥帳號｜50331356　親子天下股份有限公司

國家圖書館出版品預行編目（CIP）資料

怕浪費奶奶的河川散步／真珠真理子文．圖；詹慕
如譯 .-- 第一版 .-- 臺北市：親子天下股份有限公司，
2021.05
44 面；　21×29.7 公分
ISBN 978-957-503-980-6（精裝）
861.599　　　　　　　　　　110004470

立即購買 >